LÉGENDES
DE LA MYTHOLOGIE

Pour Anna
Morgan

Thésée
et le Minotaure

Adaptation de Nicolas Cauchy
Illustrations de Morgan

Gautier·Languereau

L'ENFANCE DE THÉSÉE

Parmi tous les héros de la Grèce antique, Thésée tient une place importante aux côtés d'Héraclès, Ulysse ou Jason. Et pourtant ! Qui aurait pu deviner que ce petit garçon, élevé seul par sa mère et vivant à Trézène, à des dizaines de kilomètres d'Athènes, serait un jour un grand roi ? Son père peut-être le savait. Mais pendant des années, Thésée ne sut rien de lui, même pas son nom.

« Tu le découvriras, lui disait Aethra, sa mère, le jour où tu seras suffisamment sage, fort et intelligent pour l'apprendre. En attendant, sache seulement que tu es le fils d'un roi. »

L'année de ses sept ans, il arriva une aventure qui montra à tout le monde que le courage de Thésée était celui d'un petit prince. Un soir, Pitthée, son grand-père maternel, lui dit :

« Héraclès nous fait l'honneur d'être notre invité. Aussi, je te demande de jouer tranquillement dans la pièce à côté, avec tes amis. C'est bien compris ? »

Thésée assura qu'il ne dérangerait personne mais, lorsqu'il entendit la grosse voix d'Héraclès, il ne put s'empêcher de dire à ses amis :

« Venez avec moi sans faire de bruit. Nous allons voir à quoi ressemble le héros le plus connu de toute la Grèce. »

Or Héraclès avait retiré la peau de lion qui lui recouvrait habituellement les épaules. Lorsqu'ils entrèrent dans la salle où se tenait le repas, les enfants tombèrent sur la gueule grande ouverte du lion qui semblait leur jeter des regards féroces. Ils s'enfuirent en hurlant. Mais Thésée, s'emparant d'une épée, se jeta sur le lion et il l'aurait mis en pièces si Héraclès ne l'avait pas arrêté :

« C'est cette tête de lion, dit Thésée. J'ai cru qu'elle nous attaquait.

– Ho ! Ho ! voilà un petit garçon bien courageux !

– Un jour, lui répondit Thésée, je serai aussi fort que toi ! »

Puis, se tournant vers sa mère, il ajouta :

« Maman ! Maintenant que je me suis montré courageux, peux-tu me dire qui est mon père ?

– Non, mon fils, tu es trop jeune encore et pas assez sage. Le jour où tu te montreras aussi sage que fort et courageux, je te le dirai. »

Or ce jour arriva. Thésée était alors âgé de seize ans.

« Le temps est venu de te mettre à l'épreuve, lui dit sa mère Si tu la surmontes, tu sauras qui est ton père. »

Aethra mena son fils jusqu'à un énorme rocher :

« Soulève cette pierre et vois ce que ton père a caché dessous. »

Thésée poussa la pierre et trouva une paire de sandales et une épée.

« Prends-les, lui dit sa mère, et retournons à la maison. Il est temps pour toi de connaître les origines de ta naissance. »

Et c'est ainsi que commença l'extraordinaire histoire de Thésée.

THÉSÉE APPREND
QUI EST SON PÈRE

Assise auprès du feu, sa mère lui conta ceci :

« Un soir, alors que tu n'étais pas encore né, un homme se présenta aux portes de notre palais et demanda l'hospitalité pour la nuit. Pitthée, ton grand-père, le reçut. Lorsque l'étranger retira sa cape, tout le monde reconnut Égée, le roi d'Athènes. À l'époque, c'était un homme malheureux parce qu'il ne pouvait pas avoir d'enfants. Il revenait de Delphes où il avait demandé conseil à la Pythie, un oracle qui prédit l'avenir.

– Et que lui avait-elle dit ? demanda Thésée.

– La Pythie parle toujours de manière obscure et Égée ne la comprit pas. Toujours est-il que pendant la nuit, Égée, que mon père, Pitthée, avait fait beaucoup boire, me considéra comme sa femme. Au matin, il me dit : " Si l'enfant que tu auras de moi est un fils, comme je le crois, tu lui diras de soulever cette pierre dans ton jardin où j'ai caché des choses pour lui. " Ensuite il repartit pour Athènes.

– Ainsi, mon père est Égée, le roi d'Athènes. Mais pourquoi m'a-t-il abandonné ?

– Ton père ne t'a pas abandonné. S'il ne t'a pas appelé près de lui, c'était afin de te protéger.

– Mais je n'ai peur de personne !

– Mon pauvre enfant ! Tu es aujourd'hui un homme. Mais comment aurais-tu pu te défendre dans ton berceau contre les cinquante Pallantides ?

– Les cinquante quoi ?

– Les Pallantides. Ce sont tes cousins, les fils de ton oncle, Pallas. Ils sont cinquante et espèrent devenir roi lorsque ton père sera mort.

– Impossible ! C'est moi l'héritier du trône.

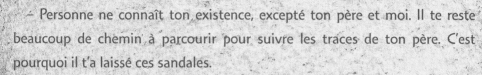

– Personne ne connaît ton existence, excepté ton père et moi. Il te reste beaucoup de chemin à parcourir pour suivre les traces de ton père. C'est pourquoi il t'a laissé ces sandales.

– Et cette épée pour me battre contre mes ennemis.

– Cette épée te servira également à te faire reconnaître de ton père. Va à sa cour sans dire ton nom à personne. Sous aucun prétexte. Mais quand tu rencontreras Égée, montre-lui cette épée et il saura qui tu es. »

LE DÉPART VERS ATHÈNES

Dès que Thésée sut qui était son père, il partiy pour Athènes afin de s'y faire reconnaître.

« Mon enfant, lui dit son grand-père, ta décision est celle d'un homme courageux. J'ai préparé pour toi le plus solide de mes bateaux afin que tu puisses te rendre à Athènes par la mer. C'est le plus sûr des chemins. Il y a bien la route qui longe la côte. Mais je ne te la conseille pas. Elle est infestée de brigands tous plus cruels les uns que les autres.

– Je croyais qu'Héraclès les avait chassés.

– Ils ont profité de son absence pour revenir. Et depuis, ils prospèrent en toute impunité. En prenant la mer, tu éviteras ainsi Périphétès, le porteur de massue, Sinis, le ployeur de pin, la truie de Crommyon, Sciron les pieds sales, Cercyon, le lutteur et Procruste et ses lits de douleur. »

La sagesse parla dans le cœur de Thésée et il décida de prendre la mer.

Cependant, une fois la nuit tombée, Thésée se tournait et se retournait dans son lit.

« À quoi bon les sandales et l'épée de mon père si je ne m'en sers pas ?
pensait-il. Est-ce que le fait de porter son épée fait de moi un roi ? Pas du tout !
Héraclès, lui, n'aurait jamais pris la voie de la mer. Il aurait affronté un à un
ces terribles brigands et il les aurait tués ! Que pensera-t-on de moi
si l'on apprend que je me suis caché au fond d'un bateau ? »
Au matin, sa décision était prise, tout autre
que celle de la veille : il passerait par la route,
aussi dangereuse soit-elle !

Périphétès, le Porteur de massue

Thésée dut d'abord traverser la ville d'Épidaure.

« Des brigands ? pensait-il. Pour l'instant, je n'ai vu que de paisibles moutons et de tranquilles bergers. »

Thésée voulait s'illustrer dans des combats, il allait être exaucé au-delà de ses espérances.

Un peu en avant sur la route, il croisa un homme qui boitait.

« Voilà sûrement quelqu'un qui aura besoin de mon aide, pensa-t-il. Si je ne trouve personne avec qui me battre, au moins j'aurai fait le bien sur mon chemin. »

« Oh ! l'ami ! appela-t-il. Je vois que tu es fatigué et que tu marches avec peine. As-tu besoin d'aide ? Veux-tu que je te soutienne de mon épaule qui est robuste ?

– Tu es bien aimable, l'étranger. Ma jambe gauche est un peu faible, vois-tu ? Aussi, je dois me soutenir à l'aide de cette canne.

– Une canne ? On dirait plutôt une massue de bronze !

– Tu as raison, étranger ! En fait de canne, je m'appuie sur une massue. Tu veux savoir pourquoi ? Oui ? Je vais te montrer sans attendre ! »

Ayant dit ces mots, Périphétès se précipita sur Thésée pour l'assommer. Mais, plus rapide, celui-ci sortit son épée et lui perça le cœur.

« Voilà le don de mon père bien utilisé, pensa-t-il. Mais prenons également la massue de ce traître, elle pourrait m'être utile par la suite. »

Thésée arracha des mains de Périphétès sa massue et continua son chemin. Venant à sa rencontre, les paysans le remerciaient :

« Voilà des années que ce monstre assommait les passants pour les voler !
Tu nous en as débarrassé ! Sois remercié, l'étranger ! »

« Héraclès n'aurait pas fait mieux », pensa Thésée, très fier de lui.

SINIS, LE PLOYEUR DE PIN

Traversant l'isthme de Corinthe, Thésée fut confronté à la scène la plus terrible qui lui ait été donné de voir. Un géant avait attrapé un voyageur solitaire qu'il tenait sous son bras. De l'autre main, il avait courbé jusqu'à terre un pin qu'il coinçait sous son pied. Ensuite, il plia un second pin de manière à former une croix avec les deux arbres. Puis il y attacha le malheureux qui hurlait de terreur. À la vue de cet atroce spectacle, Thésée se décida aussitôt à intervenir. Il bondit sur le géant, le fit tomber et, grimpant sur sa poitrine, il plaça la pointe de son épée sur sa gorge.

« Ignoble géant, lui dit-il, c'est toi maintenant qui vas prendre la place de l'homme que tu voulais torturer. »

Sous la menace de l'épée, Sinis se releva, détacha le voyageur et prit sa place. D'un grand coup, Thésée trancha la corde qui retenait les pins. Libérés de leurs entraves, les deux arbres se déployèrent comme deux catapultes et le corps du géant fut projeté en quatre morceaux dans la campagne. Voyant à quel supplice il avait échappé, le voyageur remercia Thésée à genoux.

« Étranger, lui dit-il, dis-moi ton nom et je raconterai à tout le monde que tu nous as délivrés de Sinis, le Ployeur de pin. »

Se souvenant des recommandations de sa mère, Thésée lui répondit :

« Je n'ai pas le droit de te révéler mon nom. Mais tu peux dire partout que les exploits de l'étranger armé d'une épée et d'une massue de bronze valent ceux d'Héraclès. »

LA TRUIE DE CROMMYON

Fort de ses victoires, Thésée cherchait sur sa route de nouveaux adversaires à combattre. Il pensait aux exploits d'Héraclès :

« C'est le hasard qui m'a mis sur le chemin de ces voleurs. Héraclès, lui, ne se serait pas satisfait de cela. Tâchons de trouver ici un brigand à provoquer, ou mieux, une bête féroce à tuer. »

De passage dans la ville de Crommyon, il demanda aux habitants de lui indiquer la bête la plus féroce qu'ils connaissaient.

« Assurément, répondirent-ils, c'est la truie de Phaïa, la vieille sorcière.

– Voulez-vous que je lui coupe la tête ?

– Occupe-toi plutôt de sa truie ! Elle dévore les enfants qui passent près de son auge ! »

Parfois les pires monstres ne sont pas les plus difficiles à combattre. Il suffit de ne pas en avoir peur. Thésée se cacha dans un buisson sur le bord du chemin où passait la truie de Crommyon. Au bout d'une heure d'attente, elle arriva enfin. Thésée ne lui laissa aucune chance. Il bondit du fourré en hurlant pour l'effrayer et lui trancha la gorge sans hésiter. Les habitants de Crommyon donnèrent un grand banquet où ils mangèrent la truie en prenant soin de garder des jambons et des saucissons pour l'hiver.

Sciron les pieds sales

En continuant dans la direction de Mégare, Thésée arriva jusqu'à un lieu appelé « les Roches Scironiennes ». La route, de plus en plus étroite, était creusée dans la falaise, au-dessus de la mer. S'avançant prudemment, Thésée aperçut un homme assis au travers du chemin.

« Étranger, dit-il à Thésée. Aurais-tu pitié d'un pauvre homme qui n'a plus de force ?

— Ami, lui répondit Thésée, sers-toi de mon bras si tu veux marcher !

— Hélas ! étranger, il ne s'agit pas de cela. Regarde mes pieds. Ils sont noirs comme du charbon. Je n'ai pas la force de les laver. Pourrais-tu le faire à ma place ? »

Le sang de Thésée ne fit qu'un tour. Il avait reconnu Sciron les pieds sales. Sortant son épée, il lui dit :

« Debout, c'est toi qui vas me laver les pieds !

— Étranger, sois clément avec un pauvre homme comme moi !

— Toi, Sciron, un pauvre homme ? On m'a raconté ton horrible manie ! Tu demandes à ce qu'on te lave les pieds, mais en vérité, tu en profites pour pousser les gens du haut de la falaise.

— Mensonges que tout cela ! Et même si c'était vrai, regarde : que vois-tu en bas de ces falaises ? Des rochers ? Non ! La mer ! Il n'y a aucun danger à sauter dans la mer !

— Fourbe ! Je te reconnais bien là ! Tu oublies de dire qu'au fond de l'eau se cache une tortue géante et affamée. Pour te punir, tu subiras le même sort que celui que tu infligeais aux voyageurs. Saute, si tu ne veux pas que je te tranche la tête. »

Sciron sauta et l'on n'entendit plus jamais parler de lui.

Cercyon, le lutteur

Plus loin, dans la ville d'Éleusis, Thésée croisa Cercyon, le Lutteur, qui l'apostropha violemment :

« Toi, l'étranger ! Laisse donc ta massue et ton épée et voyons ce que tu vaux, armé de tes seuls poings. »

Thésée releva le défi et engagea un terrible combat avec Cercyon, un brigand bien connu dans la région. Au bout d'une heure de lutte, Thésée attrapa son adversaire par les genoux, le souleva dans les airs et le précipita contre un rocher. Cercyon ne se releva plus jamais et Thésée continua son chemin.

PROCRUSTE
ET SES LITS DE DOULEUR

« Héraclès n'aurait pas fait mieux que moi, pensait Thésée. Maintenant, il me tarde d'atteindre Athènes et de retrouver mon père. »
Une autre épreuve l'attendait. Sur le bord de la route se trouvait l'auberge du brigand Procruste. Il utilisait des lits pour torturer les voyageurs. Il forçait les hommes de grande taille à s'allonger sur le petit lit et, pour les mettre à la bonne dimension, il leur coupait les pieds. Il forçait les hommes de petite taille à se coucher sur le grand lit et les étirait violemment pour les allonger. Ainsi Thésée, qui était de haute taille, aurait dû avoir les pieds tranchés par ce monstre ? Il ne lui en laissa pas l'occasion. Il lui trancha la tête.

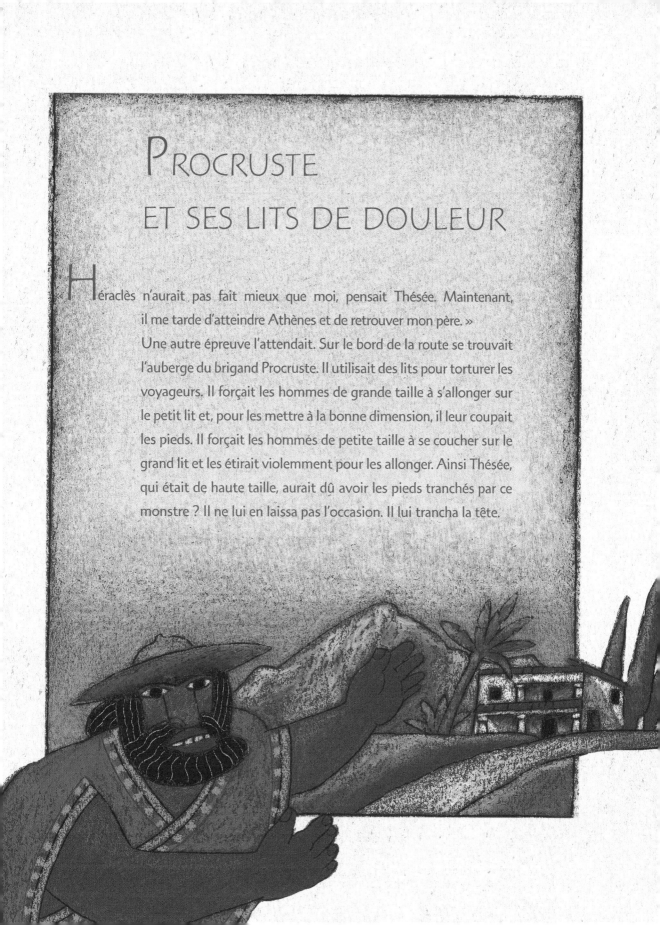

L'ARRIVÉE À ATHÈNES

Enfin, Thésée atteignit le but de son voyage, Athènes. Avant de pénétrer dans la ville, alors qu'il franchissait la rivière Céphise, les villageois vinrent au-devant de lui. Quel chaleureux accueil ! Thésée demanda au prêtre du village de le purifier des meurtres qu'il avait commis, puis il sacrifia aux dieux un mouton. Ses devoirs accomplis, il put alors festoyer avec ses hôtes. Le héros leur raconta ses exploits mais il se garda bien de dire son nom. Sage précaution, car dans le palais d'Égée, on conspirait déjà sa mort.

Il faut dire que depuis quelques années déjà, toute la ville était dans la confusion à cause de Médée, la magicienne. Elle qui, autrefois, n'avait pas hésité à découper son frère en morceaux pour fuir avec Jason*, avait depuis commis d'autres crimes tout aussi horribles. En voici un parmi tant d'autres : pour se venger d'une femme qui convoitait sa place auprès de Jason, elle lui offrit une robe splendide, mais magique. À peine la malheureuse l'avait-elle enfilée qu'elle s'enflamma, mettant en même temps le feu à tout le palais de Jason. De peur d'être mise à mort, Médée s'enfuit à Athènes pour demander la protection d'Égée. En échange, elle lui promit un fils et elle tint sa promesse.

« Mon père est donc marié à cette magicienne. Et ils ont un fils, c'est-à-dire un héritier. Voilà qui ne va pas me faciliter la tâche », pensa Thésée.

* cf : Jason et la toison d'or

THÉSÉE RETROUVE SON PÈRE

Dans la salle du palais réservée à ses tours de magie, Médée vit clairement apparaître le visage de Thésée dans son urne divinatoire. Elle mesura sa force et la puissance de sa détermination. Et elle eut peur, pour elle et pour son fils.

Elle alla trouver Égée, son mari, pour lui dire :

« J'ai vu qu'il y a, non loin d'ici, un jeune homme fort désireux de prendre ta place. Méfie-toi, sa ruse est égale à sa force. »

Égée écoutait tout ce que sa femme lui disait.

« Dis-moi ce que je dois faire, demanda-t-il.

– Organise un banquet et fais-le inviter. Pendant le repas, tu lui donneras à boire une coupe de vin empoisonné. Et nous serons débarrassés de lui. »

Le lendemain, Égée organisa donc un grand banquet. Lorsque Thésée entra dans la salle, Médée poussa du coude son mari et lui dit discrètement :

« C'est lui ! »

« Que ce jeune homme fait plaisir à voir, pensa le roi. Dommage qu'il faille le tuer ! »

Aussitôt, Médée lui passa la coupe empoisonnée. Le roi la tendit à Thésée en disant :

« Bois, étranger ! Ce vin est de ma meilleure vigne !

– Volontiers, répondit Thésée. Mais je veux accompagner ce vin d'un bon morceau de viande. »

En disant cela, il sortit son épée de son fourreau. À la vue de l'arme, Égée poussa un cri et renversa la coupe empoisonnée.

« Thésée, mon fils ! Te voilà enfin ! »

Et le bon roi serra très fort son fils entre ses bras. Thésée ne put s'empêcher de pleurer : au bout de tout ce chemin, il avait enfin retrouvé son père.
Quant à Médée, pour la punir d'avoir voulu éliminer son fils, Égée la bannit de son royaume, elle et leur enfant.

LES CINQUANTE PALLANTIDES

Mais si Thésée s'était fait reconnaître de son père, il lui restait encore beaucoup de chemin à parcourir pour prétendre être roi. Quand Égée présenta à tout Athènes son fils, les cinquante Pallantides, qui avaient toujours espéré conquérir le pouvoir après la mort du roi, se rebellèrent. Ils décidèrent d'attaquer Égée et de les tuer, lui et son fils. Ils formèrent deux armées. L'une devait donner l'assaut à la ville pendant que l'autre attendrait dans un bourg voisin pour attaquer par surprise. Mais il se trouvait parmi leurs combattants un espion du nom de Léos qui vint prévenir le roi d'une attaque toute proche. Thésée prit la tête des troupes de son père et partit combattre les rebelles. Voyant cela, le reste des troupes s'éparpilla dans toute la campagne et l'on n'entendit plus jamais parler des cinquante Pallantides.

L'ARRIVÉE DU ROI MINOS

Un matin que Thésée était assis sur le trône de son père, on annonça Minos, le roi de Crète, accompagné de nombreux gardes.

« Bienvenue, Minos ! Je suis heureux de te rencontrer, dit Thésée.

– Écarte-toi : c'est au roi d'Athènes que je veux parler.

– Je suis son fils, Thésée, et tu peux me parler en toute confiance.

– Je ne suis pas ici pour parler mais pour prendre ce qui me revient. Dis à ton père que je repasserai demain matin pour venir chercher ce qu'il me doit. »

Sur ces mots, Minos quitta le palais. Dans la salle du trône, la consternation régnait, mais personne n'osait donner d'explication à Thésée.

« Père, demanda Thésée, qu'est-ce que Minos est venu chercher qui soit si grave que personne n'ose répondre à mes questions ? »

Égée baissa les yeux et répondit tout bas :

« Hélas, mon fils ! Tu ne connais pas la terrible histoire du Minotaure. Je vais te la raconter. Écoute plutôt. »

L'HISTOIRE DU MINOTAURE

« Il y a trois ans de cela, un des fils de Minos appelé Androgée était venu à Athènes pour participer à un concours que j'avais organisé. Cet Androgée était un athlète remarquable. Il vainquit tous ses adversaires et remporta toutes les épreuves. J'avoue, mon fils, que je conçus contre lui une terrible jalousie. Et, la passion envenimant mon cœur, je voulus le tuer plutôt que de célébrer ses victoires. Aussi je l'envoyai combattre un taureau vicieux, dans la ville de Marathon, pour le mettre à l'épreuve. Le valeureux athlète échoua et mourut. Je regrettai mon geste alors, mais il était trop tard. Apprenant la nouvelle de sa mort, Minos, son père, voulut le venger. Il attaqua notre ville mais ne réussit pas à la prendre. Sans doute aurions-nous pu résister encore et peut-être même gagner. Mais tu connais le nom du père de Minos : Zeus, le dieu des dieux ! Aussi, lorsque Minos pria son père, celui-ci envoya sur Athènes une famine et une peste qui firent de terribles ravages parmi nous. L'oracle que je consultai fut formel : pour mettre fin à cette guerre, il fallait accepter de donner à Minos ce qu'il voulait. Je m'y résolus et allai voir Minos pour lui accorder ce qu'il désirait. Mais par Zeus ! Jamais je n'aurais dit oui si j'avais su !

– Père, demanda Thésée très inquiet, que voulait donc Minos ?

– Minos exigea que tous les neuf ans, à la même époque, la ville lui livre sept jeunes hommes et sept jeunes filles, sans armes et sans défense.

– Pour en faire des esclaves ?

– Si ce n'était que cela ! Non ! Les quatorze jeunes gens que tu verras partir demain seront donnés en pâture au plus terrible des monstres que la Crète connaisse. Demain, ces quatorze garçons et filles seront dévorés par le Minotaure ! »

Lorsqu'il prononça ce mot de Minotaure, tous les serviteurs de la chambre poussèrent un cri.

« Père ! demanda Thésée. Qui est le Minotaure ?

– On donne le nom de Minotaure à un monstre qui a le corps d'un homme mais la tête d'un taureau. À sa naissance, le roi a fait construire un gigantesque Labyrinthe à l'intérieur duquel il a enfermé la bête. Et voilà que pour la troisième fois nous devons lui donner en pâture quatorze de nos enfants.

– Cette année, je prendrai la place de l'un d'eux, affirma calmement Thésée, et je tuerai le Minotaure. »

Le lendemain, Thésée rassembla tous les Athéniens sur la place du palais et leur parla en ces termes :

« Moi, Thésée, fils du roi d'Athènes et futur roi de la ville, je prendrai la place de l'un de vos enfants. »

Toutes les familles se réjouirent car il n'y avait plus que six jeunes gens à désigner. Thésée continua :

« Ayez confiance ! Je tuerai le taureau. Aussi, je vous le demande : qui veut venir avec moi ? »

Les familles connaissaient les exploits de Thésée, mais personne ne songeait à envoyer leur fille ou leur fils à une mort quasi certaine. Aussi, Thésée dut tirer au sort ceux et celles qui l'accompagneraient.

LE DÉPART VERS L'ÎLE DE CRÈTE

Au fond de lui, Égée était certain de ne plus jamais revoir son fils. Personne n'avait jamais réussi à sortir de ce Labyrinthe. Mais au moment du départ, alors que les enfants pleuraient sur leur sort, il donna à son fils deux voiles. L'une noire, pour l'aller, et l'autre blanche, pour le retour.

« Mon fils, dit le vieux roi, cette voile blanche sera un signe pour moi. Quand je la verrai, cela voudra dire que tu es bien vivant. »

Ayant levé la haute voile noire, symbole du funeste voyage, le bateau quitta Athènes pour la Crète.

Le voyage se passa sans encombre. Beaucoup de jeunes gens auraient préféré mourir dans une tempête plutôt que d'être dévorés par le Minotaure. Mais le bateau aborda l'île de Crète et Minos conduisit tous les prisonniers jusqu'au Labyrinthe.

« Je vous livrerai au Minotaure demain matin, leur dit-il. En attendant, je vous ai préparé une prison confortable pour votre dernière nuit. Tâchez de vous reposer et, qui sait, peut-être parviendrez-vous à échapper au Minotaure... »

Ariane au secours de Thésée

À présent, les jeunes gens dormaient, épuisés par la peur et le chagrin. Seul, Thésée veillait.

« Comment faire pour nous sauver de là ? pensait-il. Même si j'arrive à tuer le Minotaure, je ne parviendrai jamais à retrouver le chemin de la sortie. Il ne me restera plus qu'à mourir de faim... »

Il en était là de ses réflexions lorsqu'il vit, à travers la porte, un œil qui l'observait. Ce n'était pas un œil méchant de gardien, non, c'était un beau regard profond qui le dévisageait.

« Qui es-tu ? demanda-t-il.

– Je suis Ariane, répondit une douce voix derrière la porte. L'une des filles de Minos.

– Je vois, dit Thésée, tu es venue contempler les condamnés.

– Tu te trompes, Thésée. Je suis venue pour t'aider.

– Je n'ai pas besoin de ton aide, fille d'un roi cruel.

– Écoute plutôt, la ruse du Minotaure est immense. Il te laissera entrer au plus profond de son palais fait de milliers de chambres, de couloirs et de cours. Alors, quand tu ne sauras plus du tout où tu es, il se jettera sur toi par surprise.

– Perfide Ariane ! Tu m'enlèves mes derniers espoirs !

– Perfide, moi ? Regarde plutôt par le trou de la serrure et vois si je ressemble à une perfide princesse ! »

Ariane se recula et Thésée put la voir. Aussitôt, il en tomba amoureux.

« Belle Ariane, dit-il, assurément tu n'as rien d'une princesse perfide. Ainsi tu veux bien m'aider ?

– Je veux t'aider, oui, car je t'ai aimé à l'instant même où je t'ai vu, lorsque tu as débarqué en Crète. Avant de venir ici, je me suis rendue chez Dédale, l'architecte qui a conçu ce Labyrinthe, pour lui demander conseil. Il m'a remis ceci. »

Ariane passa à travers la serrure une bobine de fil.

« Tu la dérouleras derrière toi, continua-t-elle. Comme ça, tu n'auras qu'à suivre le fil pour sortir du Labyrinthe. »

THÉSÉE DANS LE LABYRINTHE

Le lendemain matin, Thésée entra le premier dans le Labyrinthe. D'une main, il tenait la bobine de fil qu'il laissait se dérouler derrière lui. Parfois son chemin le menait jusqu'à des couloirs éclairés par des feux ; parfois, à des cours ouvertes sur le ciel. Toutes les chambres semblaient identiques avec le même nombre de portes, les mêmes fresques sur les murs. Mais grâce au fil d'Ariane, Thésée avançait avec assurance. Au bout de plusieurs heures de marche, il entendit les ronflements du Minotaure. Sans bruit, il s'approcha de la chambre du monstre. Au fond de son trou, la bête dormait.

« Je vais l'étrangler pendant son sommeil », se dit Thésée.

Au même moment, des cris angoissés résonnèrent dans tout le Labyrinthe. C'étaient les hurlements des jeunes gens que Minos avait maintenant forcés à entrer dans le royaume du Minotaure. La bête ouvrit les yeux et se redressa. Thésée aussitôt se jeta sur le monstre, les poings en avant. Le combat dura longtemps mais le Minotaure, qui n'avait pas été habitué à se battre, finit par périr sous les coups de Thésée. Alors, pour prouver à tous qu'il avait bien tué la bête, et suivant le fil qu'il avait déroulé, Thésée sortit du Labyrinthe en traînant derrière lui le Minotaure.

Ariane et lui étaient convenus d'un accord : s'il sortait vivant du Labyrinthe, il devait s'enfuir avec elle et l'épouser dès son arrivée à Athènes. Aussi, Ariane avait-elle préparé le bateau de Thésée qu'elle avait fait remplir de vivres.

Et quand Minos trouva à l'entrée du Labyrinthe la dépouille du Minotaure, Thésée et Ariane étaient déjà hors d'atteinte.

ARIANE ABANDONNÉE

Sur le chemin du retour se trouvait l'île de Naxos. Thésée décida d'y débarquer pour y puiser de l'eau. La nuit n'était pas loin de tomber, et comme il faisait doux, Ariane avait décidé de dormir sur la plage. Elle s'allongea et s'endormit aussitôt. Or, Dionysos, le dieu du vin, était au même moment descendu sur l'île. Quand il vit la belle Ariane, il tomba éperdument amoureux d'elle et voulut l'enlever sur son char. Mais il réfléchit et se dit :

« Ariane est follement éprise de Thésée. Si je les sépare, elle me détestera ! Et je ne veux pas qu'elle me déteste, je veux qu'elle m'aime. Comment faire ? » Il trouva rapidement la solution, vola jusqu'au bateau de Thésée et déclara :

« Thésée, j'ai trouvé Ariane endormie sur la plage et me voilà fou amoureux. » Thésée fronça les sourcils, car lorsqu'un dieu s'éprend d'un humain, les choses se passent toujours mal.

« Aussi, voici ce que tu vas faire, continua Dionysos. Dès que j'aurai fini de parler, tu lèveras l'ancre et tu repartiras pour Athènes sans Ariane.

– Et si je refuse ?

– Je transformerai les rames de ton bateau en serpents et vous accablerai de tant d'autres maux que vous aurez toutes les chances de devenir fous. » Thésée s'était battu contre le Minotaure ; il s'était engagé à ramener vivants les enfants d'Athènes. Il ne pouvait prendre le risque de contrarier Dionysos. La mort dans l'âme, il leva l'ancre, abandonnant Ariane sur l'île de Naxos.

Quand elle vit, au matin, la voile du bateau se détacher de l'horizon, Ariane éclata en sanglots. Thésée l'avait abandonnée ! Aussi, lorsque Dionysos apparut sur son char merveilleux, conduit par des panthères, elle n'eut aucun mal à se laisser convaincre de le suivre. Parvenu jusqu'à l'Olympe, le royaume des dieux, Dionysos l'épousa et lui offrit en cadeau de mariage un diadème en or.

Le retour
de Thésée à Athènes

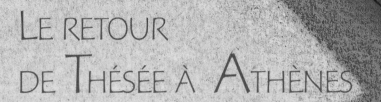

Pendant ce temps, Égée guettait le retour
de Thésée. Était-il vivant ? À Athènes,
personne n'en savait rien. Un matin, alors
que tous dormaient, deux serviteurs
sonnèrent l'alerte.

« Maître ! Un bateau à l'horizon ! »
Égée se hâta de monter au sommet du palais pour
tâcher de voir le bateau. C'était bien lui :
la proue, reconnaissable entre mille, se détachait
nettement de l'horizon. Malgré cela, le cœur d'Égée
demeurait toujours pétri d'angoisse. Ses yeux n'étaient pas
suffisamment perçants pour voir tous les détails. Ce qu'Égée
voulait savoir, c'était la couleur de la voile du bateau. Blanche,
Thésée était vivant ; noire, il était mort.

LA MORT D'ÉGÉE

Sur le bateau qui le menait à Athènes, toute voile dehors, Thésée ne parvenait pas à se réjouir vraiment de son retour. Bien sûr, il allait retrouver son père et son royaume car il avait prouvé à tous que ses exploits étaient dignes d'un roi. Mais il avait dû abandonner Ariane, la femme qu'il aimait. Et depuis, il ne s'intéressait à rien et devenait même étourdi. Ses hommes le voyaient marcher sans but, l'air totalement absent. Alors qu'il se promenait sur le pont, perdu dans ses tristes pensées, son pied s'accrocha aux lanières d'un grand sac. Il l'ouvrit : le sac contenait la voile blanche que son père lui avait donnée pour son retour victorieux. Tout à coup, Thésée fut pris d'angoisse. Si la voile blanche était dans ce sac, de quelle couleur était celle accrochée au mât ?

Égée justement, interrogeait ses serviteurs :

    – Êtes-vous sûrs que la voile du bateau de mon fils est noire ?

    – Assurément, maître, elle est noire comme la nuit.

    – Alors mon fils est mort ! se lamenta le roi. Que m'importe de vivre si ce n'est aux côtés du fils que j'avais retrouvé. »

Et disant ces mots, il enjamba le mur de la terrasse et se précipita du haut de la falaise dans la mer qui depuis porte son nom : la mer Égée.

C'est ainsi que se termine l'histoire de Thésée et du Minotaure. Après avoir célébré de grandioses funérailles à la mémoire de son père, Thésée devint roi de toute l'Attique. Il fit battre monnaie et sépara la société en trois classes : les Nobles, les Artisans et les Cultivateurs. On le dit à l'origine de la Démocratie. Minos, quant à lui, rendu furieux par la mort du Minotaure et la fuite d'Ariane, se vengea sur Dédale. Il l'enferma, lui et son fils Icare, dans le Labyrinthe, mais sans fil cette fois-ci. Dédale, qui n'était jamais à court d'idée, confectionna deux paires d'ailes pour son fils et lui, avec des plumes et de la cire. Mais alors qu'ils avaient réussi à s'envoler bien au-dessus du Labyrinthe, Icare s'approcha trop du soleil. Ses ailes fondirent et il tomba dans la mer, près de l'île de Samos.

Thésée vécut encore de nombreuses années et d'extraordinaires aventures. Pour tous, il devint aussi célèbre qu'Héraclès, le héros qu'il avait tant admiré dans son enfance.

MER ÉGÉE

Delphes

Mégare
Corinthe
Athènes
Épidaure
Trézène

SAMOS

NAXOS

CRÊTE

Index

Table des matières

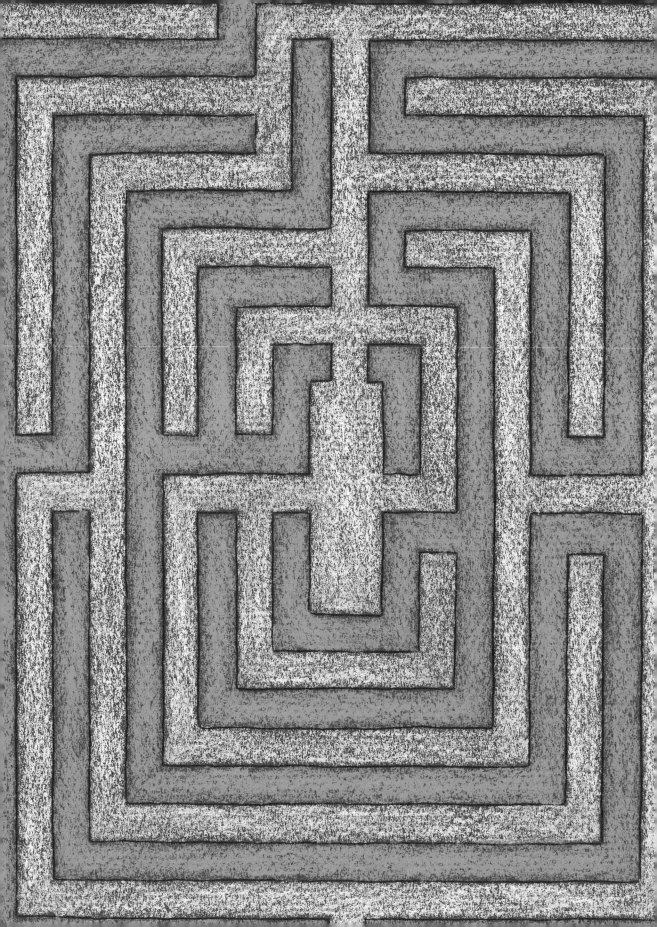

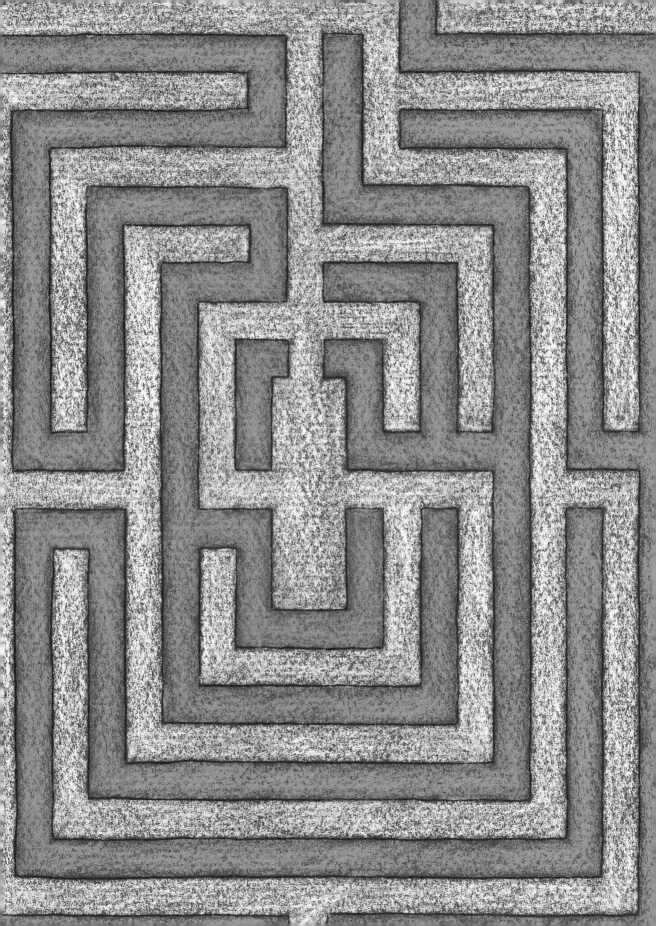

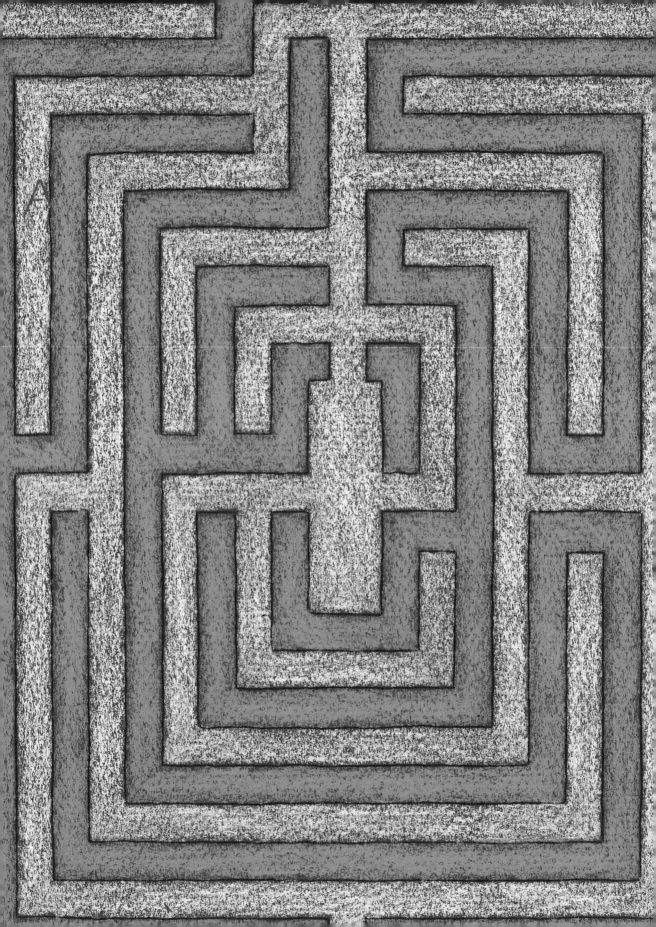